荀子卷第十九

登仕郎守大理評事楊　注

大略篇第二十七

此篇蓋弟子雜錄荀卿之語皆略舉其要不可以一事名篇故總謂之大略也

大略舉爲標首所以起下文也君人者隆禮尊賢而王重法愛民而霸好利多詐而危欲近四旁莫如中央故王者必居天下之中禮也此明都邑居土中之意不近偏旁居中央取其朝貢道里均禮也言其禮制如此天子外屏諸侯內屏禮也外屏不欲見外也內屏不欲見內也屏猶蔽也屏謂之樹

鄭康成云若今浮思也何休注公羊云禮天子諸侯臺門天子外闕兩觀諸侯內闕一觀禮天子外屏諸侯內屏大夫以簾士以帷倞謂不欲見內不察泉中魚之義也諸侯召其臣臣不俟駕顛倒衣裳而走禮也詩曰顛之倒之自公召之天子召諸侯諸侯輦輿就馬禮也輦謂人輓車言不暇待馬至故輦輿就馬詩曰我出我輿于彼牧矣自天子所謂我來矣詩小雅出車之篇毛云出車就馬於牧地鄭云有人自天子所謂我來矣謂以王命召己也此明諸侯奉上禮也天子山冕諸侯玄冠大夫裨冕士韋弁禮也山冕謂畫山於衣而服冕即袞冕也蓋取其龍則謂之袞冕取其山則謂之山冕鄭注周禮司服云古冕服十二章

衣五章初一曰龍次二曰山次三曰華蟲次四曰火次五曰宗彝皆畫裳四章次六曰藻次七曰粉米次八曰黼次九曰黻皆繡鄭注禮云裨之言卑也天子六服大裘爲上其餘爲裨覲以事尊卑服之諸侯亦服焉上公衮無升龍侯伯鷩子男毳孤絺卿大夫玄鄭云大夫裨冕蓋亦言裨冕止於大夫士已下不得服也韋弁謂以爵韋爲韠而戴弁也玉藻曰韠君朱大夫素士爵韋也

天子御珽諸侯御荼大夫服笏禮也御服皆器用之名尊者謂之御卑者謂之服御者言臣下所進御也珽大珪長三尺杼上終葵首謂剡上至其首而方也荼古舒字玉之上圓下方者也鄭康成云珽然無所屈也荼讀如舒遲之舒儒者所畏在前也

天子彫弓諸侯彤弓大夫黑弓禮也彫謂彫畫爲文飾彤弓朱弓此明貴賤服御之禮也

諸侯相見卿爲介相見謂於鄰地爲會介副也聘義卿爲上擯大夫爲承擯君親禮賓言主君見聘使則以卿爲上擯出會則以卿爲上介也**以其教出畢行**教謂戒令畢行謂羣臣盡行從君也**使仁居守**使仁厚者主後事春秋傳一子守二子從此明諸侯出疆之禮又穀梁傳曰智者慮義者行仁者守然後可以會矣

聘人以珪問士以璧召人以瑗絶人以玦反絶以環聘人以圭謂使人聘他國以圭璋也問謂訪其國事因遺之也衞侯使工尹襄問子貢以弓是其類也說文云瑗者大孔璧也爾雅好倍肉謂之瑗肉倍好謂之璧禮記曰君召臣以三節周禮珍圭以徵守鄭云以徵召守國之諸侯若今徵郡守以竹使符也然則天子以珍圭召諸侯諸侯召臣以瑗歟玦如環而缺肉好若一謂之環古者臣有罪待放於境三年不敢去與之環則還與之玦則絶皆所以見意也反絶謂反其將絶者此明諸侯以玉接人臣之禮也

人

主仁心設焉知其役也禮其盡也故王者先仁而後禮天施然也人之根本所施設在人其役用則在知盡善則在禮天施天道之所施設也此明爲國以仁爲先也聘禮志曰幣厚則傷德財侈則殄禮禮云禮云玉帛云乎哉志記也言玉帛禮之末也禮記曰不以美没之也詩曰物其指矣唯其偕矣不時宜不敬交不驩欣雖指非禮也詩小雅魚麗之篇指與旨同美也偕齊等也時謂得時宜謂合宜此明聘好輕財重禮之義也水行者表深使人無陷治民者表亂使人無失禮者

其表也先王以禮表天下之亂今廢禮者是去表也故民迷惑而陷禍患此刑罰之所以繁也表標志也此明爲國當以禮示人也舜曰維予從欲而治虞書舜美皐陶之辭言皐陶明五刑故舜得從欲而治引之以喻禮能成聖亦猶舜賴皐陶也故禮之生爲賢人以下至庶民也非爲成聖也然而亦所以成聖也不學不成禮本爲中人設然聖人不學亦不成也堯學於君疇舜學於務成昭禹學於西王國君疇漢書古今人表作尹壽又漢藝文志小說家有務成子十一篇昭其名也尸子曰務

成昭之教舜曰避天下之逆從天下之順天下不足取也避天下之順從天下之逆天下不足失也西王國未詳所說或曰大禹主於西羌西王國西羌之賢人也新序子夏對哀公曰黃帝學于大塡顓頊學于錄圖帝嚳學于赤松子堯學于尹壽舜學于務成跗禹學于西王國湯學于成子伯文王學于時子思武王學于郭叔此明聖人亦資於教也

五十不成喪七十唯衰存不成喪不備哭踊之節衰存但服縗麻而已其禮皆可略也禮曰七十唯衰麻在身也

親迎之禮父南鄉而立子北面而跪醮而命之往迎爾相成我宗事鄭云相助也宗事宗廟之事

隆率以敬先妣之嗣若則有常儀禮作勖率鄭云勖勉也若汝也勉率婦道以敬其爲先妣之嗣也汝之行則當有常深戒之詩曰大姒嗣徽音

子曰諾唯恐不能敢忘命矣子言唯恐不能勉率以嗣先妣不敢忘父命也

夫行也者行禮之謂也所以稱行者在禮也

禮也者貴者敬焉老者孝焉長者弟焉幼者慈焉賤者惠焉惠亦賜也言行禮如此五者則可爲人之行也

賜予其宮室猶用慶賞於國家也忿怒其臣妾猶用刑罰於萬民也宮室妻子也此明能治家則以治國也

君子之於子愛之而勿面使之而勿貌導之以道而勿彊面貌謂以顏色慰悅之不欲施小惠也故易家人曰有嚴君焉勿彊不欲使其愧也此語出曾子

禮以順

人心爲本故亡於禮經而順人心者皆禮
者也禮記曰禮也者義之實也協諸義而協則禮雖先王未之有可以義起也禮之大凡
事生飾驩也送死飾哀也軍旅飾威也不可
太質故爲之飾親親故故庸庸勞勞仁之殺也庸功也庸庸勞
勞謂稱其功勞勞以報其功勞者殺差等也皆仁恩之差也殺所介反貴貴尊尊賢賢老
老長長義之倫也倫理也此五者非仁恩皆出於義之理也行之得
其節禮之序也行仁義得其節則是禮有次序仁愛也故親
義理也故行禮節也故成非仁不親非義不行雖有仁義無禮以節

之亦不成仁有里義有門里與門皆謂禮也里所以安居門所以出入也仁非
其里而虛之非禮也義非其門而由之非
義也虛讀爲居聲之誤也仁非其里義非其門皆謂有仁義而無禮也推恩而不
理不成仁仁雖在推恩而不得其理則不成仁謂若有父子之恩而無嚴敬之義遂理
而不敢不成義雖得其理而不敢行則不成義義在果斷故曰非知之難行之惟艱
審節而不知不成禮雖能明審節制而不知其意也知或爲和和而
不發不成樂雖和順積中而英華不發於外無以播八音則不成樂故曰仁
義禮樂其致一也言四者雖殊同歸於得中故曰其致一也君子處

仁以義然後仁也仁而能斷行義以禮然後義
也雖能斷而不違禮然後爲義也制禮反本成末然後禮也反復也本
謂仁義末謂禮節謂以仁義爲本終成於禮節也三者皆通然後道也通明三者
然後爲道貨財曰賻輿馬曰賵衣服曰襚玩好曰
贈玉貝曰唅此與公羊穀梁之說同玩好謂明器琴瑟笙竽之屬何休曰此皆春秋之制也
賻猶覆也賵猶助也皆助生送死之禮襚猶遺也遺是助死者之禮也知生則賵賻知死則襚唅之也賻賵
所以佐生也贈襚所以送死也送死不及
柩尸弔生不及悲哀非禮也皆謂葬事故吉行

五十犇喪百里賵贈及事禮之大也既說弔贈及事
因明犇喪亦宜行遠也禮記奔喪曰日行百里不以夜行禮者政之輓也如輓車然爲
政不以禮政不行矣天子即位上卿進曰
如之何憂之長也能除患則爲福不能除
患則爲賊授天子一策上卿於周若冢宰也皆謂書於策讀之而授天子深
戒之也言天下安危所繫其憂甚遠長問何以治之能爲天下除患則百福歸之不能則反爲賊害策編竹爲之後易之
以玉爲也中卿進曰配天而有下土者先事慮事
先患慮患先事慮事謂之接接讀爲捷速也中卿若宗伯也

接則事優成先患慮患謂之豫豫則禍不生事至而後慮者謂之後後則事不舉患至而後慮者謂之困困則禍不可禦授天子二策禦禁二策第二策也下卿進曰敬戒無怠慶者在堂弔者在閭下卿若司寇也慶者雖在堂弔者已在門言相襲之速閭門之外也禍與福鄰莫知其門言同一門出入也賈誼曰憂喜聚門豫哉豫哉萬民望之授天子三策豫哉言可戒備也三策第三策禹見耕者耦立而式過十室之邑必下兩人共耕曰耦論語曰長沮桀溺耦而耕十室之邑必有忠信故下之也殺大蚤朝大晚非禮也殺謂田獵禽獸也禮記曰天子殺則下大綏諸侯殺則下小綏大夫殺則止佐車蚤謂下先上也又曰朝辨色始入殺太蚤爲陵犯也朝太晚爲懈弛也或曰禮記曰獺祭魚然後虞人入澤豺祭獸然後田獵先於此爲早也又曰田不以禮是暴天物也治民不以禮動斯陷矣平衡曰拜下衡曰稽首至地曰稽顙平衡謂磬折頭與要如衡之平禮記平衡與此義殊大夫之臣拜不稽首非尊家臣也所以辟君也辟讀爲避一命齒於鄉再命齒於族三命族人雖七十不敢先一命公侯之士再命大夫三命卿也鄭注禮記曰此

皆鄉飲酒時齒謂以年次坐若立也禮記曰三命不齒族人雖七十者不敢先言不唯不與少者齒老者亦不敢先也上大夫中大夫下大夫此覆一命再命三命也一命雖公侯之士子男之大夫也故曰下大夫也吉事尚尊喪事尚親吉事朝廷列位也喪事以親者爲主禮記曰以服之精麤爲序也君臣不得不尊父子不得不親兄弟不得不順夫婦不得不驩少者以長老者以養不得謂不得聖人之禮法驩與歡同故天地生之聖人成之

聘問也享獻也私覿私見也使大夫出以圭璋聘所以相問也聘享奉束帛加璧享所以有獻也享畢賔奉束錦以請覿所以私見也聘享以賔禮見私覿以臣禮見故曰私見鄭注儀禮云享獻也

既聘又獻所以厚恩意也言語之美穆穆皇皇爾雅曰穆穆敬也皇皇正也郭璞云皇皇自脩正貌穆穆容儀謹敬也皆由言語之美所以威儀脩飾或曰穆穆美也皇皇有光儀也詩曰皇皇者華朝廷之美濟濟鎗鎗鎗與蹌同濟濟多士貌蹌蹌有行列貌爲人臣下者有諫而無訕有亡而無疾有怨而無怒謗上曰訕亡去也疾與嫉同惡也怨謂若公弟叔肸衛疾之弟鱄怒謂若慶鄭也君於大夫三問其疾三臨其喪於士一問一臨諸侯非問疾弔喪不之臣之家之往也禮記曰諸侯非問疾弔喪而入諸臣之家是謂君臣爲謔也既葬君若父之友食之則食矣不辟

粱肉有酒醴則辭鄭云尊者之前可以食美變於顏色亦不可也寢不踰廟設衣不踰祭服禮也謂制度精麤設宴也易之咸見夫婦易咸卦艮下兌上艮爲少男兌爲少女故曰見夫婦夫婦之道不可不正也君臣父子之本也易說卦曰有天地然後有男女有男女然後有夫婦有夫婦然後有父子有父子然後有君臣故以夫婦爲本咸感也以高下下以男下女柔上而剛下陽唱陰和然後相成也聘士之義親迎之道重始也聘士謂若安車束帛重其禮也迎魚敬反禮者人之所履也失所履必顛蹷陷溺所失微而其爲亂大者禮也禮之於正國家也如權衡之於輕重也如繩墨之於曲直也故人無禮不生事無禮不成國家無禮不寧和樂之聲此言珩珮之聲和樂人心步中武象趨中韶護珮玉之聲緩則中武象速則中韶護禮記曰古之君子必珮玉右徵角左宮羽趨以采薺行以肆夏是其類也或曰此和樂謂在車和鑾之聲步驟之節也君子聽律習容而后士君子在位者之通稱禮記曰既服習容觀玉聲聽律謂聽珮聲使中音律也言威儀如此乃可爲士士者修立之名也霜降逆女冰泮殺內十日一御此蓋誤耳當爲冰泮逆女霜降殺內故詩

曰士如歸妻迨冰未泮殺減也內謂妾御也十日一御即殺內之義冰泮逆女謂發生之時合男女也霜降殺內謂閉藏之時禁嗜欲也月令在十一月此云霜降荀卿與呂氏所傳聞異也鄭云歸妻謂請期也冰未泮正月中以前二月可以成婚禮故此云冰泮逆女殺所介反

坐視膝立視足應對言語視面儀禮士相見云子視父則遊目無上於面無下於帶若不言則視足坐則視膝鄭云不言則伺其行起而已

立視前六尺而大之六六三十六三丈六尺蓋臣於君前視也近視六尺自此而廣之雖遠視不過三丈六尺曲禮曰立視五巂彼在車上故與此不同也

文貌情用相爲內外表裏文謂禮物貌謂威儀情謂中誠用謂語言質文相成不可偏用也

禮之中焉能思索謂之能慮禮者本末相順終始相應禮者以財物爲用以貴賤爲文以多少爲異並解於禮論篇

下臣事君以貨中臣事君以身上臣事君以人貨謂聚斂及珍異獻君身謂死衛社稷人謂舉賢也

易曰復自道何其咎易小畜卦初九之辭復返也自從也本雖有失返而從道何其咎過也

春秋賢穆公以爲能變也公羊傳曰秦伯使遂來聘遂者何秦大夫也秦無大夫此何以書賢穆公也何賢乎穆公以爲能變也謂前不用蹇叔百里之言敗於殽函而自變悔作秦誓詢茲黃髮是也

士有妒友則賢交不親君有妒臣則賢人不至蔽公者謂之昧隱良者謂之妒掩蔽公道謂之暗昧奉妒昧者

謂之交譎交通於譎詐之人相成爲惡也交譎之人妒昧之臣國之薉孽也薉與穢同孽祅孽言終爲國之災害也口能言之身能行之國寶也口不能言身能行之國器也如器物雖不言而有行也口能言之身不能行國用也國賴其言而用也口言善身行惡國祅也治國者敬其寶愛其器任其用除其祅不富無以養民情衣食足知榮辱不教無以理民性人性惡故須教故家五畝宅百畝田務其業而勿奪其時所以富之也宅居處也百畝一夫田也務謂勸勉之孟子曰五畝之宅樹之以桑五十者可以衣帛矣百畝之田無失其時八口之家可以無飢矣立太學設庠序脩六禮明十教所以道之也詩曰飲之食之教之誨之王事具矣禮記曰六禮冠昏喪祭鄉相見十教即十義也禮記曰父慈子孝兄良弟悌夫義婦聽長惠幼順君仁臣忠十者謂之仁義道謂教導之也十或爲七也武王始入殷表商容之閭式箕子之囚哭比干之墓天下鄉善矣表築旌之言武王好善天下鄉之孔安國曰商容殷之賢人紂所貶退也天下國有俊士世有賢人天下之國皆有俊士每世皆有賢人迷者不問路

溺者不問遂亡人好獨以喻雖有賢俊不能用也所以迷由於不問路溺由
於不問遂亡由於好獨遂謂經隧水中可涉之徑也獨謂自用其計詩曰我言維服勿
用爲笑先民有言詢于芻蕘言博問也詩大雅板
之篇毛云芻蕘薪者也鄭云服事也我之所言乃今之急事汝無笑也有法者以法行
無法者以類舉皆類於法而舉之也以其本知其末以
其左知其右凡百事異理而相守也其理雖異其守
則一謂若爲善不同同歸於理之類也慶賞刑罰通類而後應通明於類
然後百姓應之謂賞必賞功罰必罰罪不失其類政教習俗相順而後行

順人心然後可行也八十者一子不事九十者舉家不
事廢疾非人不養者一人不事父母之喪
三年不事齊衰大功三月不事從諸侯不
不當爲來謂從他國來或君之人入菜地與新有昏朞不事古者有喪昏皆
不事所以重其哀戚與嗣續也事謂力役子謂子家駒續然大夫不
如晏子子孔子謂言也子家駒魯公子慶之孫公孫歸父之後名覊駒其字也續然補續君之過不能
與功用故不如晏子也晏子功用之臣也不如子產雖有功用不如
子產之恩惠也子產惠人也不如管仲雖有恩惠不如管仲之才略也

管仲之爲人力功不力義力智不力仁雖九合諸侯一匡天下而不全用仁義也野人也不可以爲天子大夫言四子皆類郊野之人未浸漬於仁義故不可爲王者佐

孟子三見宣王不言事門人曰曷爲三遇齊王而不言事孟子曰我先攻其邪心以正色攻去邪心乃可與言也

公行子之之燕孟子曰行子有子之喪右師往弔趙岐云齊大夫也子之蓋其先也遇曾元於塗曰燕君何如曾元曰志卑言不求遠大也曾元曾參之子志卑者輕物物事輕物者不求助不求賢以自輔苟不求助何能舉既無輔助必不勝任矣氐羌之虜也謂見俘掠不憂其係壘也而憂其不焚也壘讀爲纍氐羌之俗死則焚其屍今不憂虜獲而憂不焚是愚也呂氏春秋曰憂其死而不焚利夫秋豪害靡國家然且爲之幾爲知計哉靡披靡非也利夫秋豪之細其害遂披靡而來及於國家言不卹其大而憂其小與氐羌之虜何異幾辭也或曰幾讀爲豈

今夫亡箴者終日求之而不得其得之非目益明也眸而見之也心之於慮亦然眸謂以眸審視之也言心於思慮亦當反覆盡其精妙如眸子之求箴也

義與利者人之所兩有也雖堯舜不能

去民之欲利然而能使其欲利不克其好義也克亦勝也雖桀紂亦不能去民之好義然而能使其好義不勝其欲利也故義勝利者爲治世利克義者爲亂世上重義則義克利上重利則利克義故天子不言多少諸侯不言利害大夫不言得喪皆謂言貨財也士不通貨財士賤雖得言之亦不得貿遷如商賈也有國之君不息牛羊息蕃育也錯質之臣不息雞豚錯置也質讀爲贄孟子曰出疆必載質蓋古字通耳置贄謂執贄而置於君士相見禮曰士大夫奠贄於君再拜稽首禮記曰畜乘馬者不察於雞豚或曰置質猶言委質也言凡委質爲人臣則不得與下爭利冢卿不脩幣大夫不爲場園冢卿上卿不脩幣謂不脩財幣販息之也治稼穡曰場樹菜蔬曰園謂若公儀子不奪園夫工女之利也從士以上皆羞利而不與民爭業樂分施而恥積臧然故民不困財貧寠者有所竄其手竄容也謂容集其手而力作也文王誅四武王誅二周公卒業至成康則案無誅已並解在仲尼篇言周公終王業猶不得無誅伐至成康然後刑措也重引此者以明不與民爭利則刑罰省也多積財而

羞無有（羞貧）重民任而誅不能（使民不能勝任而復誅之）此邪行之所以起刑罰之所以多也上好羞則民闇飾矣（好羞貧而事奢侈則民闇自脩飾也）上好富則民死利矣二者亂之衢也（衢道）民語曰欲富乎忍恥矣傾絕矣絕故舊矣與義分背矣（忍恥不顧廉恥傾絕謂傾身絕命而求也分背如人分背而行）上好富則人民之行如此安得不亂湯旱而禱曰政不節與使民疾與何以不雨至斯極也（疾苦）宮室榮與婦謁盛與何以不雨至斯極也（榮盛謁請也婦謁盛謂婦言是用也）苞苴行與讒夫興與何以不雨至斯極也（貨賄必以物苞裹故總謂之苞苴興起也鄭注禮記云苞苴裹魚肉者或以葦或以茅也）天之生民非爲君也天之立君以爲民也故古者列地建國非以貴諸侯而已列官職差祿爵非以尊大夫而已（差謂制等級也）主道知人臣道知事（人謂賢良事謂職守）故舜之治天下不以事詔而萬物成（不以事詔告但委任而已謂若使禹治水不告治水之方略）農

精於田而不可以爲田師工賈亦然以賢易不肖不待卜而後知吉以治伐亂不待戰而後知克無人禦敵故知必克齊人欲伐魯忌卞莊子不敢過卞卞魯邑莊子卞邑大夫有勇者晉人欲伐衞畏子路不敢過蒲蒲衞邑子路蒲宰杜元凱云蒲邑在長垣縣西南不知而問堯舜好問則無不知故可比聖人也無有而求天府知無而求之是有天府之富曰先王之道則堯舜已問先王之道則可爲堯舜六貳之博則天府已求財於六貳之博得之不窮故曰天府天府天之府藏言六貳之博可以得貨財先王之道可以爲堯舜故以喻焉六貳之博即六博也王逸注楚詞云投六箸行六棊故曰六博今之博局亦二六相對也君子之學如蛻幡然遷之如蟬蛻也幡與翻同故其行效其立效其坐效其置顏色出辭氣效效放也置措也言造次皆學而不捨也無留善有善即行無留滯無宿問當時即問不俟經宿善學者盡其理善行者究其難非知之難行之惟艱故善行之者是究其難君子立志如窮似不能通變雖天子三公問正以是非對至尊至貴對之唯一故曰如窮也君子隘窮而不失不失道而隕穫勞倦而不苟不苟

免也臨患難而不忘細席之言尸子子夏曰君子漸於飢寒而志不僻銙於五兵而辭不懾臨大事不忘昔席之言昔席蓋昔所踐履之言此細亦當讀爲昔或曰細席講論之席臨難不忘素所講習忠義之言漢書王吉諫昌邑王曰廣厦之下細旃之上歲不寒無以知松柏事不難無以知君子無日不在是無有一日不懷道所謂造次必於是也雨小漢故潛未詳或曰爾雅云漢爲潛李巡曰漢水溢流爲潛今云雨小漢故潛言漢者本因雨小水濫觴而成至其盛也乃溢爲潛矣言自小至大者也人盡小者大積微者著德至者色澤洽行盡而聲問遠色澤洽謂德潤身行下孟反小人不誠於內而求之於外言

而不稱師謂之畔畔者倍之半也教而不稱師謂之倍教人不稱師其罪重故謂之倍倍者反逆之名也倍畔之人明君不內朝士大夫遇諸塗不與言不足於行者說過言說太過故行不能副也不足於信者誠言數欲誠實其言故信不能副君子所以貴行不貴言也故春秋善胥命而詩非屢盟其心一也春秋魯桓公三年齊侯衛侯胥命于蒲公羊傳曰相命也何言乎相命近正也古者不盟結言而退又詩曰君子屢盟亂是用長言其一心而相信則不在盟誓也善爲詩者不說善爲易者不占善爲禮者不相其心同也皆言

與理冥會者至於無言說者也相謂爲人贊相也曾子曰孝子言爲可聞行爲可見發言使人可聞不詐妄也立行使人可見不苟爲斯爲孝子也言爲可聞所以說遠也行爲可見所以說近也近者說則親遠者說則附親近而附遠孝子之道也說皆讀爲悅近親遠附則毀辱無由及親也曾子行晏子從於郊曰嬰聞之君子贈人以言庶人贈人以財嬰貧無財請假於君子贈吾子以言假於君子謙辭也晏子先於孔子曾子之父猶孔子弟子此云送曾子豈好事者爲之歟乘輿之輪太

山之木也示諸檃栝三月五月爲幬菜敝而不反其常此皆言車之才也示讀爲寘檃栝矯煣木之器也言寘諸檃栝或三月或五月爲牙也幬菜未詳或曰菜讀爲菑謂轂與輻也言矯煣直木爲牙至於轂輻皆敝而規曲不反其初所謂三材不失職也周禮考工記曰望其轂欲其眼也進而視之欲其幬之廉也鄭云幬冒轂之革也革急則木廉隅見考工記又曰察其菑蚤不齵則輪雖敝不匡鄭云菑謂輻入轂中者蚤讀爲爪謂輻入牙中者也匡刺也晏子春秋曰今夫車輪山之直木良匠煣之其貟中規雖有槁暴不復嬴矣君子之檃栝不可不謹也慎之爲移其性故不可慢蘭茝槀本漸於蜜醴一佩易之雖皆香草然以浸於甘醴一玉珮方可易買之言所漸者美而加貴也佩或爲倍謂其一倍也漸浸也子廉反此語與晏

子春秋不同也正君漸於香酒可讒而得也雖正直之君其所漸染如香之於酒則讒邪可得而入言甘醴變香草之性甘言變正君之性或爲美或爲惡皆在其所漸染也君子之所漸不可不慎也人之於文學也猶玉之於琢磨也詩曰如切如磋如琢如磨謂學問也和之璧井里之厥也玉人琢之爲天子寶和之璧楚人卞和所得之璧也井里里名厥也未詳或曰厥石也晏子春秋作井里之困也子贛季路故鄙人也被文學服禮義爲天下列士學問不厭好士不倦是天府也言所得多

君子疑則不言未問則不立道遠日益矣未曾學問不敢立爲論議所謂不知爲不知也爲道久遠自日有所益不必道聽塗說也此語出曾子多知而無親博學而無方好多而無定者君子不與無親不親師也方法也此皆謂雖廣博而無師法也少不諷壯不論議雖可未成也諷謂就學諷詩書也言不學雖有善質未爲成人也君子壹教弟子壹學亟成壹專壹也亟急也己力反君子進則能益上之譽而損下之憂進仕損減不能而居之誣也無益而厚受之竊也誣君竊位學者非必爲仕而

仕者必如學 如往 子貢問於孔子曰賜倦於學矣願息事君 息休息 孔子曰詩云溫恭朝夕執事有恪事君難事君焉可息哉 詩商頌那之篇 然則賜願息事親孔子曰詩云孝子不匱永錫爾類事親難事親焉可息哉 詩大雅既醉之篇毛云匱竭也類善也言孝子之養無有匱竭之時故天長賜以善也 然則賜願息於妻子孔子曰詩云刑于寡妻至于兄弟以御于家邦妻子難妻子焉可息哉 詩大雅思齊之篇刑法也寡有之妻言賢也御治也言文王先立禮法於其妻以至于兄弟然後治于家邦言自家刑國也 然則賜願息於朋友孔子曰詩云朋友攸攝攝以威儀朋友難朋友焉可息哉 亦既醉之篇毛云言相攝佐者以威儀也 然則賜願息耕孔子曰詩云晝爾于茅宵爾索綯亟其乘屋其始播百穀耕難耕焉可息哉 詩豳風七月之篇于茅往取茅也綯絞也亟急也乘屋升屋治其敝漏也 然則賜無息者乎孔子曰望其壙皋如也嵮如也鬲如也此則知所息矣 壙丘壠皋當爲宰宰冢也宰如高貌嵮與

墳同謂土墳塞也鬲謂隔絕於上列子作宰如墳如張湛注云見其墳壤鬲異則知息之有所之也子貢曰大哉死乎君子息焉小人休焉國風之好色也傳曰盈其欲而不愆其止好色謂關雎樂得淑女也盈其欲謂好仇寤寐思服也止禮也欲雖盈滿而不敢過禮求之此言好色人所不免美其不過禮也故詩序曰關雎樂得淑女以配君子憂在進賢不淫其色哀窈窕思賢才而無傷善之心焉是關雎之義也其誠可比於金石其聲可內於宗廟其誠以禮自防之誠也比於金石言不變也其聲可內於宗廟謂以其樂章播八音奏於宗廟鄉飲酒禮合樂周南關雎葛覃詩云關雎后妃之德風之始也所以風化天下故用之鄉人焉用之邦國焉既云用之邦國是其聲可內於宗廟者也小雅不以於汙上自引而居下以用也汙上驕君也言作小雅之人不爲驕君所用自引而疏遠也疾今之政以思往者其言有文焉其聲有哀焉小雅多刺幽厲而思文武言有文謂不鄙陋聲有哀謂哀以思也國將興必貴師而重傳貴師而重傳則法度存國將衰必賤師而輕傳賤師而輕傳則人有快人有肆意人有快則法度壞古者匹夫五十而士禮四十而仕五十而後爵此云五十而士恐誤或曰爲鄉士天子諸侯子十九而冠冠而聽治其敎至也十九而冠先於臣下一年也雖人君之子猶年長而冠冠而後聽其政治以明敎至然

後治事不敢輕易君子也者而好之其人有君子之質而所好得其人謂
得賢師也其人也而不教不祥祥善非君子而好之
非其人也既無君子之質又所好非其人也非其人而教之
齎盜糧借賊兵也若使不善人教非君子是猶資借盜賊之兵糧爲害滋甚不如
不教也齎與資同兵五兵也不自嗛其行者言濫過嗛足也謂行不足也
所以不足其行者由於言辭汎濫過度也古之賢人賤爲布衣貧爲
匹夫食則饘粥不足衣則豎褐不完然而
非禮不進非義不受安取此豎褐僮豎之褐亦短褐也言賢人雖

貧窮義不茍進安取此言過而行不副之事乎子夏貧衣若縣鶉人曰
子何不仕曰諸侯之驕我者吾不爲臣大
夫之驕我者吾不復見柳下惠與後門者
同衣而不見疑非一日之聞也柳下惠魯人公子展之後
名獲字禽居於柳下謚惠季其伯仲也後門者君子守後門至賤者子夏言昔柳下惠衣之弊惡與後門者同時人
尚無疑怪者言安於貧賤渾跡而人不知也非一日之聞言聞之久矣爭利如蚤甲而
喪其掌蚤與爪同言仕亂世驕君縱得小利終喪其身矣君人者不可
以不慎取臣匹夫不可以不慎取友友者

所以相有也 友與有同義相有謂不使喪亡 道不同何以相有也均薪施火火就燥平地注水水流溼夫類之相從也如此之箸也以友觀人焉所疑 察其友則可以知人之善惡不疑也 取友善人不可不慎是德之基也 取友求善人不可不慎是德之基本言所以成德也 詩曰無將大車維塵冥冥言無與小人處也 詩小雅無將大車之篇將猶扶進也將車賤者之事塵冥冥蔽人目明令無所見與小人處亦然也 藍苴路作似知而非 未詳其義或曰苴讀爲姐慢也趙蕤長短經知人篇曰姐者類智而非智或曰讀爲狙伺也姐子野反 偄弱易奪似仁而非 仁者不爭而與物故偄弱易奪者似之易奪無執守之謂也 悍戇好鬬似勇而非 悍兇戾也戇愚也丁絳反 仁義禮善之於人也辟之若貨財粟米之於家也多有之者富少有之者貧至無有者窮故大者不能小者不爲是弃國捐身之道也凡物有乘而來乘其出者是其反者也 反復也出去也凡乘勢而來乘勢而去者皆是物之還反也言善惡皆所自取也 流言滅之貨色遠之所由生也生自纖纖也是故君子蚤絕

之流言謂流轉之言不定者也滅亦絕也凡禍之所由生自纖纖微細故君子早絕其萌此語亦出曾子言之信者在乎區蓋之閒區藏物處蓋所以覆物者凡言之可信者如物在器皿之閒言有分限不流溢也器名區者與丘同義漢書儒林傳唐生褚生應博士弟子選試誦說有法疑者丘蓋不言丘與區同也疑則不言未問則不立重引此兩句以明之知者明於事達於數不可以不誠事也誠忠誠言不可以虛妄事智者故曰君子難說說之不以道不說也並音悅語曰流丸止於甌臾流言止於知者甌臾皆瓦器也揚子雲方言云陳魏楚宋之閒謂罃爲臾甌臾謂地之坳坎如甌臾者也或曰甌臾窊下之地史記曰甌窶滿溝汙邪滿車裴駰云甌窶傾側之地汙邪下地也邪與臾聲相近蓋同也窶力侯反汙烏瓜反此家言邪學之所以惡儒者也家言謂偏見自成一家之言若宋墨者是非疑則度之以遠事驗之以近物參之以平心流言止焉惡言死焉參驗之至則流言息死猶盡也鄭康成云死之言澌澌猶消盡也曾子食魚有餘曰泔之門人曰泔之傷人不若奧之泔與奧皆烹和之名未詳其說曾子泣涕曰有異心乎哉傷其聞之晚也曾子自傷不知以食餘之傷人故泣涕深自引過謝門人曰吾豈有異心故欲傷人哉乃所不知也言此者以譏時人飾非自是恥言不知與曾子異也無用吾之

所短遇人之所長 遇當也言己才藝有所短宜自審其分不可彊欲當人所長而辨爭也 故塞而避所短移而從所仕疏知而不法察辨而操辟勇果而亡禮君子之所憎惡也 塞掩也移就也仕與事同事所能也言掩其不善務其所能也疏通也察辨而操辟謂聰察其辨所操之事邪僻也操七刀反 多言而類聖人也 應萬變故多類皆謂當其類而無乖越此聖人也 少言而法君子也多少無法而流喆然雖辨小人也 喆當爲湎非十二子篇有此語此當同或曰當爲楛也 國法禁拾遺惡民之串以無分得也 串習也工患反 有

夫分義則容天下而治無分義則一妻一妾而亂天下之人唯各特意哉然而有所共予也 特意謂人人殊意予讀爲與 言味者予易牙言音者予師曠言治者予三王 易牙齊桓公宰夫知味者師曠晉平公樂師知音者 三王既已定法度制禮樂而傳之有不用而改自作何異於變易牙之和更師曠之律無三王之法天下不待亡國不待死 言不暇有所待而死亡速之甚也更工衡反 飲而不食者蟬也

不飲不食者浮蝣也浮蝣渠略朝生夕死蟲也言此者以喻人既飲且食必須求先王法略爲治不得苟且如浮蝣輩也虞舜孝己孝而親不愛比干子胥忠而君不用仲尼顔淵知而窮於世劫迫於暴國而無所辟之辟讀爲避言賢者不遇時危行言遜則崇其善揚其美言其所長而不稱其所短也惟惟而亡者誹也惟讀爲唯以癸反唯唯聽從貌常聽從人而不免亡者由於退後即誹謗也博而窮者訾也清之而俞濁者口也已解於榮辱篇君子能爲可貴不能使人必貴己能爲可用不能使人必用己脩德在己所遇在命誥誓不及五帝誥誓以言辭相誡約也禮記曰約信曰誓又曰殷人作誓而民始畔盟詛不及三王涖牲曰盟謂殺牲歃血告神以明約也交質子不及五伯此言後世德義不足雖要約轉深猶不能固也伯讀曰霸穀梁傳亦有此語

荀子卷第十九

荀子卷第二十

登仕郎守大理評事楊　倞　注

宥坐篇第二十八 此以下皆荀卿及弟子所引記傳雜事故總推之於末

孔子觀於魯桓公之廟有欹器焉春秋哀公三年桓宮僖宮災公羊傳曰此皆毀廟也其言災何復立也或曰三桓之祖廟欹器傾欹易覆之器孔子問於守廟者曰此爲何器守廟者曰此蓋爲宥坐之器宥與右同言人君可置於坐右以爲戒也說苑作坐右或曰宥與侑同勸也文子曰三皇五帝有勸戒之器名侑卮注云欹器也孔子曰吾聞宥坐之器者虛則欹中則正滿則覆孔子顧謂弟子曰注水焉弟子挹水而注之挹酌中而正滿而覆虛而欹孔子喟然而歎曰吁惡有滿而不覆者哉子路曰敢問持滿有道乎孔子曰聰明聖知守之以愚功被天下守之以讓勇力撫世守之以怯撫掩也猶言蓋世矣富有四海守之以謙此所謂挹而損之之道也挹亦退也挹而損之猶言損之又損

孔子爲魯攝相朝七日而誅少正卯爲司寇而攝相也朝謂聽朝也門人進問曰夫少正卯魯之聞人也夫子爲政而始誅之得無失乎聞人謂有名爲人所聞知者也始誅先誅之也孔子曰居吾語汝其故人有惡者五而盜竊不與焉一曰心達而險二曰行辟而堅三曰言僞而辨四曰記醜而博五曰順非而澤心達而險謂心通達於事而凶險也辟讀曰僻醜謂怪異之事澤有潤澤也此五者有一於人則不得免於君子之誅而少正卯兼有之故居處足以聚徒成羣言談足以飾邪營衆強足以反是獨立此小人之桀雄也不可不誅也營讀爲熒熒衆惑衆也強剛愎也反是以非爲是也獨立人不能傾之也是以湯誅尹諧文王誅潘止周公誅管叔太公誅華仕管仲誅付里乙子產誅鄧析史付韓子曰太公封於齊東海上有居士狂矞華仕昆弟二人立議曰吾不臣天子不友諸侯耕而食之掘而飲之吾無求於人無上之名無君之祿不仕而事力太公使執而殺之以爲首誅周公從魯聞急傳而問之曰二子賢者也今日饗國殺之何也太公曰是昆弟立議曰不臣天子是望不得而臣也不

叐諸侯是望不得而使也耕而食之掘而飲之無求於人者是望不得以賞罰勸禁也且夫王之所以使其臣者非爵祿則刑罰也今四者不足以使之則望誰爲君乎是以誅之尹諧潘止付里乙史付事迹並未聞也此七子者皆異世同心不可不誅也詩曰憂心悄悄慍于羣小小人成羣斯足憂矣詩邶風柏舟之篇悄悄憂貌慍怒也

孔子爲魯司寇有父子訟者孔子拘之三月不別也別猶決也謂不辨其子之罪其父請止孔子舍之季孫聞之不說曰是老也欺予老大夫之尊稱春秋傳曰使圍將不得爲寡君老也語予曰爲國家必以孝今殺一人以戮不孝又舍之冉子以告孔子慨然歎曰嗚呼上失之下殺之其可乎不教其民而聽其訟殺不辜也三軍大敗不可斬也獄犴不治不可刑也罪不在民故也獄犴不治謂法令不當也犴亦獄也詩曰宜犴宜獄獄字從二犬象所以守者犴胡地野犬亦善守獄故獄謂之犴也嫚令謹誅賊也嫚與慢同謹嚴也賊賊害人也今有時斂也無時暴也言生物有時而賦斂無時是陵暴也不教而責成功虐也已

此三者然後刑可即也已止即就書曰義刑義殺勿庸以即子維曰未有順事言先教也書康誥言周公命康叔使以義刑義殺勿用以就汝之心不使任其喜怒也維刑殺皆以義猶自謂未有使人可順守之事故有抵犯者自責其教之不至也故先王既陳之以道上先服之服行也謂先自行之然後教之若不可尚賢以綦之若不可廢不能以單之綦極也謂優寵也單盡也盡謂黜削單或爲殫綦三年而百姓往矣百姓從化極不過三年也邪民不從然後俟之以刑則民知罪矣百姓既往然後誅其姦邪也詩曰尹氏大師維周之氐秉國之均四方是維天子是庳卑民不迷詩小雅節南山之篇氐本也庳讀爲毗輔也卑讀爲俾是以威厲而不試刑錯而不用此之謂也厲抗也試亦用也但抗其威而不用也錯置也如置物於地不動也今之世則不然亂其教繁其刑其民迷惑而墮焉則從而制之是以刑彌繁而邪不勝三尺之岸而虛車不能登也百仞之山任負車登焉何則陵遲故也岸崖也負重也任負車任重之車也遲慢也陵遲言丘陵之勢漸慢也王肅云陵遲陂阤也數

仞之牆而民不踰也百仞之山而豎子馮而游焉陵遲故也今夫世之陵遲亦久矣而能使民勿踰乎詩曰周道如砥其直如矢君子所履小人所視眷焉顧之潸焉出涕豈不哀哉詩小雅大東之篇言失其砥矢之道所以陵遲哀其法度墮壞詩曰瞻彼日月悠悠我思道之云遠曷云能來詩邶風雄雉之篇子曰伊稽首不其有來乎稽首恭敬之至有所不來者爲其上失其道而人散也若施德化使下人稽首歸向雖道遠能無來乎

孔子觀於東流之水子貢問於孔子曰君子之所以見大水必觀焉者是何孔子曰夫水大徧與諸生而無爲也似德徧與諸生謂水能徧生萬物爲其不有其功似上德不德者說苑作遍子而無私者其流也埤下裾拘必循其理似義埤讀爲卑裾與倨同方也拘讀爲鉤曲也其流必就卑下或方或曲必循卑下之理似義者無不循理也說苑作其流也卑下句倨之也情義分然者也其洸洸乎不淈盡似道洸讀爲滉滉水至之貌淈讀爲屈竭也似道之無窮也家語作浩浩無屈盡之期似道也若有決行之其應佚若聲響其赴百仞之谷

不懼似勇 決行決之使行也佚與逸同奔逸也若聲響言若響之應聲也似勇者果於赴難也 主量必平似法 主讀爲注量謂阬受水之處也言所經阬坎注必平之然後過似有法度者均平也 盈不求槩似正 槩平斗斛之木也考工記曰槩而不稅言水盈滿則不待槩而自平如正者不假於刑法之禁也 淖約微達似察 淖當爲綽約弱也綽約柔弱也雖至柔弱而淺淫微通達於物似察者之見細微也說苑作綽弱微達 以出以入以就鮮絜似善化 言萬物出入於水則必鮮絜似善化者之使人去惡就美也說苑作不清以入鮮絜以出也 其萬折也必東似志 折縈曲也雖東西南北千萬縈折不常然而必歸於東似有志不可奪者說苑作其折必東也 是故君子見大水必觀焉

孔子曰吾有恥也吾有鄙也吾有殆也幼不能强學老無以教之吾恥之 無才藝以教人也 去其故鄉事君而達卒遇故人曾無舊言吾鄙之 舊言平生之言卒倉忽反 與小人處者吾殆之也孔子曰如垤而進吾與之如丘而止吾已矣今學曾未如肬贅則具然欲爲人師 肬贅結肉也莊子曰以生爲負贅懸肬肬音尤具然自滿足之貌也 孔子南適楚厄於陳蔡之閒七日不火食藜羹不糂 糂與糝同蘇覽反 弟子皆

有飢色子路進問之曰由聞之爲善者天報之以福爲不善者天報之以禍今夫子累德積義懷美行之日久矣奚居之隱也隱謂窮約孔子曰由不識吾語汝汝以知者爲必用邪王子比干不見剖心乎女以忠者爲必用邪關龍逄不見刑乎女以諫者爲必用邪吴子胥不磔姑蘇東門外乎磔車裂也姑蘇吴都名也夫遇不遇者時也賢不肖者材也君子博學深謀不遇時者多矣由是觀之不遇世者衆矣何獨丘也哉且夫芷蘭生於深林非以無人而不芳君子之學非爲通也不爲求通爲窮而不困憂而意不衰也知禍福終始而心不惑也皆爲樂天知命夫賢不肖者材也爲不爲者人也爲善不爲善在人也遇不遇者時也死生者命也今有其人不遇其時雖賢其能行乎苟遇其時何難之有故君子博學深謀

修身端行以俟其時孔子曰由居吾語汝昔晉公子重耳霸心生於曹重耳晉文公名亡過曹曹恭公聞其駢脅使其裸浴薄而觀之公因此激怒而霸心生也越王勾踐霸心生於會稽謂以甲盾五千棲於會稽也齊桓公小白霸心生於莒小白齊桓公名齊亂奔莒蓋亦爲所不禮故居不隱者思不遠身不佚者志不廣佚與逸同謂奔竄也家語作常逸者女庸安知吾不得之桑落之下乎哉桑落九月時也夫子當時蓋暴露居此樹之下

子貢觀於魯廟之北堂出而問於孔子曰鄉者

賜觀於太廟之北堂吾亦未輟還復瞻被九蓋皆繼被有說邪匠過絕邪北堂神主所在也輟止也九當爲北傳寫誤耳被皆當爲彼蓋音盍戶扇也皆繼謂其材木斷絕相接繼也子貢問北盍皆繼續彼有說邪匠過誤而遂絕之也家語作北蓋皆斷王肅云觀北面之蓋皆斷絕也孔子曰太廟之堂亦常有說言舊曾說今則無也官致良工因麗節文致極也官致良工謂初造太廟之時官極其良工工則因隨其木之美麗節文而裁制之所以斷絕家語作官致良工之匠匠致良材盡其功巧蓋貴文也非無良材也蓋曰貴文也非無良材大木不斷絕者蓋所以貴文飾也此蓋明夫子之博識也

子道篇第二十九

入孝出弟人之小行也（弟與悌同謂自卑如弟也）上順下篤人之中行也（上順從於君父下篤愛於卑幼）從道不從君從義不從父人之大行也若夫志以禮安言以類使則儒道畢矣（志安於禮不安動也言發以類不怪說也如此則儒者之道畢矣）雖舜不能加毫末於是也孝子所以不從命有三從命則親危不從命則親安不從命乃衷（衷善也謂善發於衷心矣）從命則親辱不從命則親榮孝子不從命乃義從命則禽獸不從命則脩飾孝子不從命乃敬（從命則陷身於禽獸之行不從命則使親爲脩飾君子不從命是乃敬親）故可以從而不從是不子也未可以從而從是不衷也明於從不從之義而能致恭敬忠信端慤以愼行之則可謂大孝矣傳曰從道不從君從義不從父此之謂也故勞苦彫萃而能無失其敬（彫傷也萃與顇同雖勞苦彫顇不敢解惰失敬也）災禍患難而能無

失其義則不幸不順見惡而能無失其愛不幸以不順於親而見惡也非仁人莫能行詩曰孝子不匱此之謂也魯哀公問於孔子曰子從父命孝乎臣從君命貞乎三問孔子不對不敢違哀公之意故不對孔子趨出以語子貢曰鄉者君問丘也曰子從父命孝乎臣從君命貞乎三問而丘不對賜以爲何如子貢曰子從父命孝矣臣從君命貞矣夫子有奚對焉孔子

曰小人哉賜不識也昔萬乘之國有爭臣四人則封疆不削千乘之國有爭臣三人則社稷不危百乘之家有爭臣二人則宗廟不毀父有爭子不行無禮士有爭友不爲不義故子從父奚子孝臣從君奚臣貞審其所以從之之謂孝之謂貞也審其可從則從不可從則不從也

子路問於孔子曰有人於此夙興夜寐耕耘樹藝手足胼胝以養其親然而無

孝之名何也樹栽植藝播種騈騈謂手足勞騈併也胝皮厚也胝丁私反孔子曰意者身不敬與辭不遜與色不順與古之人有言曰衣與繆與不女聊繆紕繆也與讀爲歟聊賴也言雖與之衣而紕繆不聊賴於汝也或曰繆綢也言雖衣服我綢繆我而不敬不順則不賴汝也韓詩外傳作衣予敎予家語云人與己不順欺也王肅曰人與己事實通不相欺也皆與此不同也今夙興夜寐耕耘樹藝手足胼胝以養其親無此三者則何以爲而無孝之名也孔子曰由志之吾語汝雖有國士之力不能自舉其身非無力也勢不可也國士一國勇力之士故入而行不脩身之罪也出而名不章友之過也故君子入則篤行出則友賢何爲而無孝之名也子路問於孔子曰魯大夫練而牀禮邪孔子曰吾不知也練小祥也禮記曰期而小祥居堊室寢有席又期而大祥居復寢中月而禫禫而牀也子路出謂子貢曰吾以夫子爲無所不知夫子徒有所不知子貢曰女何問哉子路曰由問魯大夫練而牀禮邪夫

子曰吾不知也子貢曰吾將爲汝問之子貢問曰練而牀禮邪孔子曰非禮也子貢出謂子路曰女謂夫子爲有所不知乎夫子徒無所不知汝問非也禮居是邑不非其大夫（懼於訕上）子路盛服見孔子孔子曰由是裾裾何也（裾裾衣服盛貌說苑作襜襜也）昔者江出於㟭山其始出也其源可以濫觴及其至江之津也不放舟不避風則不可涉也（放讀爲方國語曰方舟投柎韋昭曰方並也編木爲柎說苑作方舟方柎也詩曰方之舟之）非唯下流水多邪（唯與維同言豈不以下流水多故人畏之邪言服盛色厲亦然也說苑作非下衆非之多乎）今汝衣服既盛顏色充盈天下且孰肯諫汝矣（充盈猛厲）由（告之畢又呼其名丁寧之也）子路趨而出改服而入蓋猶若也（猶若舒和之貌禮記曰君子蓋猶猶爾也）孔子曰志之吾語女奮於言者華奮於行者伐色知而有能者小人也（奮振矜也色知謂所知見於顏色有能自有其能皆矜伐之意）故君子知之曰知之不知曰不知言之要也能之曰能

之不能曰不能行之至也（皆在不隱其情）言要則知行至則仁既知且仁夫惡有不足矣哉子路入子曰由知者若何仁者若何子路對曰知者使人知己仁者使人愛己子曰可謂士矣（士者脩立之稱）子貢入子曰賜知者若何仁者若何子貢對曰知者知人仁者愛人子曰可謂士君子矣顏淵入子曰回知者若何仁者若何（知者皆讀爲智）顏淵對曰知者自知仁者

自愛子曰可謂明君子矣子路問於孔子曰君子亦有憂乎孔子曰君子其未得也則樂其意（樂其爲治之意）既已得之又樂其治是以有終身之樂無一日之憂小人者其未得也則憂不得既已得之又恐失之是以有終身之憂無一日之樂也

法行篇第三十（禮義謂之法所以行之謂之行行下孟反）

公輸不能加於繩聖人莫能加於禮（公輸魯巧人名）

班雖至巧繩墨之外亦不能加也禮者衆人法而不知聖人法而知之衆人皆知禮可以爲法而不知其義者也曾子曰無內人之疏而外人之親無禁辭也內人之疏外人之親謂以疏爲內以親爲外家語曰不比於親而比於疏者不亦遠乎韓詩外傳作無內疏而無外親也無身不善而怨人無刑已至而呼天內人之疏而外人之親不亦遠乎謂失之遠矣身不善而怨人不以反乎反謂乖悖刑已至而呼天不亦晚乎詩曰涓涓源水不雝不塞轂已破碎乃大其輻事已敗矣乃重大息其云益乎源水水之泉源也雝讀爲壅大其輻謂壯大其輻也重太息嗟嘆之甚也三者皆言不慎其初追悔無及也曾子病曾元持足曾子曰元志之吾語汝曾元曾子之子也夫魚鱉黿鼉猶以淵爲淺而堀其中堀與窟同鷹鳶猶以山爲卑而增巢其上及其得也必以餌故君子苟能無以利害義則恥辱亦無由至矣子貢問於孔子曰君子之所以貴玉而賤珉者何也珉石之似玉者爲夫玉之少而珉

之多邪孔子曰惡賜是何言也惡音烏猶言烏謂此義也夫君子豈多而賤之少而貴之哉夫玉者君子比德焉温潤而澤仁也鄭康成云色柔温潤似仁栗而理知也鄭云栗堅貌也理有文理也似智者處事堅固又有文理堅剛而不屈義也似義者剛直不回也廉而不劌行也劌傷也雖有廉稜而不傷物似有德行者不傷害人折而不撓勇也雖摧折而不撓屈似勇者瑕適並見情也瑕玉之病也適玉之美澤調適之處也瑕適並見似不匿其情者也禮記曰瑕不揜瑜瑜不揜瑕忠也扣之其聲清揚而遠聞其止輟然辭也扣與叩同似有

辭辨言發言則人樂聽之言畢更無繁辭也禮記作叩之其聲清越以長其終詘然樂也故雖有珉之雕雕不若玉之章章雕雕謂雕飾文采也章章素質明著也詩曰言念君子温其如玉此之謂也詩秦風小戎之篇引之喻君子比德

曾子曰同遊而不見愛者吾必不仁也仁者必能使人愛己交而不見敬者吾必不長也不長厚故爲人所輕臨財而不見信者吾必不信也廉潔不聞於人三者在身曷怨人當反諸己怨人者窮怨天者無識不知天命也失之己而反諸人豈不亦迂哉

南郭惠子問於子貢曰夫子之門何其雜也(南郭惠子未詳其姓名蓋居南郭因以爲號莊子有南郭子綦夫子弟子也雜謂賢不肖相雜而至)子貢曰君子正身以俟欲來者不距欲去者不止且夫良醫之門多病人隱栝之側多枉木是以雜也孔子曰君子有三恕有君不能事有臣而求其使非恕也有親不能報有子而求其孝非恕也(報孝養也詩曰欲報之德)有兄不能敬有弟而求其聽令非恕也士明於此

三恕則可以端身矣孔子曰君子有三思而不可不思也少而不學長無能也老而不教死無思也(無門人思其德)有而不施窮無與也(窮乏之時無所往託)是故君子少思長則學老思死則教有思窮則施也

哀公篇第三十一

魯哀公問於孔子曰吾國之士與之治國敢問何如之邪孔子對曰生今之

世志古之道居今之俗服古之服志記識也服古之服猶若夫子服逢掖之衣章甫之冠也舍此而爲非者不亦鮮乎舍去此謂古也哀公曰然則夫章甫絇屨紳而搢笏者此賢乎章甫殷冠王肅云絇謂屨頭有拘飾也鄭康成云絇之言拘也以爲行戒狀如刀衣鼻在屨頭紳大帶也搢笏於紳者也孔子對曰不必然夫端衣玄裳絻而乘路者志不在於食葷端衣玄裳即朝玄端也絻與冕同鄭云端者取其正也士之衣袂皆二尺二寸而廣幅是廣袤等也其袪尺二寸大夫已上侈之侈之者蓋半而益一焉則袂三尺三寸袪尺八寸路王者之車亦車之通名舍人注爾雅云輅車之大者葷葱薤之屬也斬衰

菅屨杖而啜粥者志不在於酒肉儀禮喪服曰斬者何不緝也衰長六寸博四寸三升布爲之鄭注喪服云上曰衰下曰裳當心前有衰後有負板左右有辟領孝子哀戚無不在也菅菲也此言服被於外亦所以制其心也生今之世志古之道居今之俗服古之服舍此而爲非者雖有不亦鮮乎哀公曰善孔子曰人有五儀言人之賢愚觀其儀法有五也有庸人有士有君子有賢人有大聖哀公曰敢問何如斯可謂庸人矣孔子對曰所謂庸人者口不能道善言心不知色

色色謂以己色觀彼之色知其好惡也論語云色斯舉矣不知選賢人善士託其身焉以爲己憂不知託賢但自憂而已勤行不知所務止交不知所定交謂接待於物皆言不能辨是非倀倀失據也日選擇於物不知所貴不知可貴重者從物如流不知所歸爲外物所誘蕩而不返也五鑿爲正心從而壞如此則可謂庸人矣鑿竅也五鑿謂耳目鼻口及心之竅也言五鑿雖似於正而其心已從外物所誘而壞矣是庸愚之人也一曰五鑿五情也莊子曰六鑿相攘司馬彪曰六情相攘奪韓詩外傳作五藏爲正也

哀公曰善敢問何如斯可謂士矣孔子

對曰所謂士者雖不能盡道術必有率也雖不能徧美善必有處也率循也雖不能盡徧必循其一隅言有所執守也是故知不務多務審其所知論語曰子路有聞未之能行唯恐有聞言不務多務審其所謂止於辨明事而已矣行不務多務審其所由由從也謂不從不正之道故知既已知之矣言既已謂之矣行既已由之矣則若性命肌膚之不可易也言固守所見如愛其性命肌膚之不可以他物移易者也故富貴不足以益也卑賤不足以損也皆謂志不可奪如

此則可謂士也（士有脩立之稱一曰士事也言其善於任事可以入官也）哀公曰善敢問何如斯可謂之君子矣孔子對曰所謂君子者言忠信而心不德（不自以爲有德）仁義在身而色不伐思慮明通而辭不爭故猶然如將可及者君子也（猶然舒遲之貌所謂瞻之在前忽然在後家語作油然王肅云不進貌也）哀公曰善敢問何如斯可謂賢人矣孔子對曰所謂賢人者行中規繩而不傷於本言足法於天下而不傷於身（本亦身也）

（言雖廣大而不傷其身也所謂言滿天下無口過行滿天下無怨惡）富有天下而無怨財（富有天下謂王者之佐也怨讀爲蘊言雖富有天下而無蘊蓄私財也家語作無宛禮記曰事大積焉而不宛古蘊苑通此因誤爲怨字耳）布施天下而不病貧（言廣施德澤于惠困窮使家給人足而上不憂貧乏所謂百姓與足君孰與不足）如此則謂賢人矣（賢者亞聖之名說文云賢多才）哀公曰善敢問何如斯可謂大聖矣孔子對曰所謂大聖者知通乎大道應變而不窮辨乎萬物之情性者也（辨別萬物之情性也）大道者所以變化遂成萬物也情性者

所以理然不取舍也辨情性乃能理是非之取舍而不惑是故其事大辨乎天地其事謂聖人所理化之事言辨別萬事如天地之別萬物各使區分明察乎日月聖人之明察如日月總要萬物於風雨總要猶統領也風以動之雨以潤之言統領萬物如風雨之生成也繆繆肫肫其事不可循繆當爲膠相加之貌莊子云膠膠擾擾肫與訰同訰雜亂之貌爾雅云訰訰亂也言聖人治萬物錯雜膠膠訰訰然而衆人不能循其事訰之旬反若天之嗣其事不可識嗣繼也言聖人如天之繼嗣衆人不能識其意百姓淺然不識其隣隣近也百姓淺見不能識其所近況能識其深乎所謂日用而不知者也若此則可謂大聖矣哀公

曰善魯哀公問舜冠於孔子孔子不對三問不對哀公不問舜德徒問其冠故不對也哀公曰寡人問舜冠於子何以不言也孔子對曰古之王者有務而拘領者矣其政好生而惡殺焉務讀爲冒拘與句同曲領也言雖冠衣拙朴而行仁政也尚書大傳曰古之人衣上有冒而句領者鄭康成注云言在德不在服也古之人三皇時也冒覆項也句領繞頸也禮正服方領也是以鳳在列樹麟在郊野烏鵲之巢可俯而窺也君不此問而問舜冠所以不對也魯哀公問於孔子

曰寡人生於深宮之中長於婦人之手寡人未嘗知哀也未嘗知憂也未嘗知勞也未嘗知懼也未嘗知危也孔子曰君之所問聖君之問也丘小人也何足以知之美大其問故謙不敢對也曰非吾子無所聞之也孔子曰君入廟門而右登自胙階仰視榱棟俛見几筵其器存其人亡君以此思哀則哀將焉不至矣謂祭祀時也胙與阼同榱亦椽也哀將焉不至言必至也君昧爽而櫛冠昧闇爽明

也謂初曉尚暗之時平明而聽朝一物不應亂之端也君以此思憂則憂將焉不至矣君平明而聽朝日昃而退諸侯之子孫必有在君之末庭者君以此思勞則勞將焉不至矣諸侯之子孫謂奔亡至魯而仕者自平明至日昃在末庭而修臣禮君若思其勞則勞可知也以喻哀公亦諸侯之子孫不戒愼修德亦將有此奔亡之勞也君出魯之四門以望魯四郊亡國之虛則必有數蓋焉虛讀爲墟有數蓋焉猶言蓋有數焉倒言之耳新序作亡國之虛列必有數矣君以此思懼則懼將焉不

至矣且丘聞之君者舟也庶人者水也水則載舟水則覆舟君以此思危則危將焉不至矣魯哀公問於孔子曰紳委章甫有益於仁乎 紳大帶也委委貌周之冠也章甫殷冠也鄭注儀禮云委安也所以安正容貌章表明也殷質言所以表明大夫也 孔子蹴然曰君號然也 莊子音義崔譔云蹴然變色貌號讀爲胡聲相近字遂誤耳家語作君胡然也 資衰苴杖者不聽樂非耳不能聞也服使然也 資與齋同苴杖竹也苴謂蒼白色自死之竹也 黼衣黻裳者不茹葷非口不能味也服使然也 黼衣黻裳祭服也白與黑爲黼黑與青爲黻禮祭致齊不茹葷非不能味謂非不能知味也鄭注周禮司服云玄冕者衣裳刺黻而已 且丘聞之好肆不守折長不爲市竊其有益與其無益君其知之矣 好喜也言喜於市肆之人不使所守貨財折耗而長者亦不能爲此市井盜竊之事長者不爲市而販者不爲非家語王肅注云言市肆弗能爲廉好肆則不折也人爲市估之行則不守折人爲長者行則亦不爲市買之事竊宜爲察察其有益與其無益以竊字屬下句也 魯哀公問於孔子曰請問取人 問取人之術也 孔子對曰無取健 健羨之人 無取詌 未詳家語作無取鉗王肅云謂妄對不謹誠者或曰捷給鉗人之口者 無取口啍 啍與諄同

方言云齊魯凡相疾惡謂之諄憎諄之閏反王肅云哼閔多言或曰詩云誨爾諄諄口諄謂口敎誨心無誠實者諄諄倫也

健貪也詌亂也口哼誕也健羨之人多貪欲鉗忌之人多悖亂讒嫉之人多妄誕說苑曰哀公問於孔子曰人何若爲可取也孔子曰無取拑者無取揵者無取口啍者拑者太給利不可盡用也揵者必兼人不可爲法也口啍者多誕而寡信後恐不驗也韓詩外傳云無取健無取佞無取口讒健驕也佞諂也口讒誕也皆大同小異也

故弓調而後求勁焉馬服而後求良焉士信慤而後求知能焉士不信慤而有多知能譬之其豺狼也不可以身尒也有讀爲又尒與邇同

語曰桓公用其賊文公用其盗謂管仲寺人勃鞮也盗亦賊也以喻士信慤則仇讎可用不信慤則親戚可踈

故明主任計不信怒闇主信怒不任計信亦任也計勝怒則強怒勝計則亡

定公問於顔淵曰東野子之善馭乎東野氏也馭與御同

顔淵對曰善則善矣雖然其馬將失失讀爲逸奔也下同家語作馬將佚也

定公不悅入謂左右曰君子固讒人乎三日而校來謁曰東野畢之馬失校人掌養馬之官也

兩驂列兩服入廄兩服馬在中兩驂兩服之外馬列與裂同謂外馬擘裂中馬牽引而入廄

定公越

席而起曰趨駕召顏淵顏淵至（趨讀爲促速也）定公曰前日寡人問吾子吾子曰東野畢之馭善則善矣雖然其馬將失不識吾子何以知之顏淵對曰臣以政知之昔舜巧於使民而造父巧於使馬舜不窮其民造父不窮其馬是舜無失民造父無失馬也今東野畢之馭上車執轡銜體正矣步驟馳騁朝禮畢矣（銜體銜與馬體也步驟馳騁朝禮畢矣謂調習其馬或步驟馳騁盡朝廷之禮也）歷險致遠馬力盡矣然猶求馬不已是以知之也定公曰善可得少進乎（定公更請少進其說）顏淵對曰臣聞之鳥窮則啄獸窮則攫人窮則詐自古及今未有窮其下而能無危者也

堯問篇第三十二

堯問於舜曰我欲致天下爲之柰何（恐天下未歸故欲致而取之也）對曰執一無失行微無怠忠信無勌

而天下自來（執一專意也行微行細微之事也言精專不怠而天下自歸不必致也）執一如天地（如天地無變易時也）行微如日月（日月之行人所不見似於細微安徐然而無怠止之時也）忠誠盛於內賁於外形於四海（賁飾也形見也禮記曰富潤屋德潤身心廣體胖故君子必誠其意也）天下其在一隅邪夫有何足致也（夫物在一隅者則可舉而致之今有道天下盡歸不在於一隅焉用致也）

（有讀爲又）魏武侯謀事而當羣臣莫能逮退朝而有喜色（武侯晉大夫畢萬之後文侯之子也）吳起進曰亦嘗有以楚莊王之語聞於左右者乎武侯曰楚莊王之語何如吳起對曰楚莊王謀事而當羣臣莫逮退朝而有憂色申公巫臣進問曰王朝而有憂色何也（巫臣楚申邑大夫也）莊王曰不穀謀事而當羣臣莫能逮是以憂也其在中蘬之言也（中蘬與仲虺同湯左相也）曰諸侯自爲得師者王得友者霸得疑者存自爲謀而莫己若者亡（疑謂博聞達識可決疑惑者也）今以不穀之不肖而羣臣莫吾逮吾國幾於亡乎是以憂也楚莊王以

得三人以明接士不廣無由得賢也故上士吾薄爲之貌下士吾厚爲之貌上士中誠重之故可薄爲之貌下士既無執贄之禮懼失賢士之心故厚爲之貌尤加謹敬也人人皆以我爲越踰好士然故士至人不知則以爲越踰然士亦以禮貌之故而至也士至而後見物物事也見物然後知其是非之所在戒之哉女以魯國驕人幾矣幾危也周公言我以天下之貴猶不敢驕士汝今以魯國之小而遂驕人危矣夫仰祿之士猶可驕也仰魚亮反正身之士不可驕也彼正身之士舍貴而爲賤舍富而爲貧舍

佚而爲勞顔色黎黑而不失其所黎讀爲梨謂面如東梨之色也是以天下之紀不息文章不廢也賴守道之士不苟徇人故得綱紀文章常存也語曰繒丘之封人繒與鄫同丘鄫故國封人掌疆界者漢書地理志繒縣屬東海也見楚相孫叔敖曰吾聞之也處官久者士妬之祿厚者民怨之位尊者君恨之今相國有此三者而不得罪楚之士民何也孫叔敖曰吾三相楚而心瘉卑每益祿而施瘉博位滋尊而禮瘉恭是

乎懼其壅蔽故問無乃有不察之事乎不聞即物少至少至則淺物事也不見士則無所聞無所聞則所知之事亦少少則意自淺矣聞或爲問也彼淺者賤人之道也女又美之乎吾語女我文王之爲子爲文王之子也武王之爲弟成王之爲叔父周公先成王薨未宜知成王之謚此云成王乃後人所加之耳吾於天下不賤矣然而吾所執贄而見者十人周公自執贄而見者十人禮見其所尊敬者雖君亦執贄故哀公執贄請見周豐鄭注尚書大傳云十人公卿之中也三十人羣士之中百人羣夫之中也還贄而相見者三十人禮臣見君則不還贄敵者不敢當則還之禮尚往來也士相見禮曰主人復見之以其贄曰鄉者吾子辱使某見請還贄於將命者鄭康成云贄者所執以至也君子見於所尊敬必執贄以將其厚意也貌執之士者百有餘人執猶待也以禮貌接待之士百餘人也欲言而請畢事者千有餘人謂卑賤之士恐其言之不盡周公先請其畢辭也說苑曰周公踐天子之位七年布衣之士所執贄而師見者十人所見者十二人窮巷白屋所先見者四十九人時進善者百人教士千人朝者萬人也於是吾僅得三士焉以正吾身以定天下於是千百人之中僅乃得三士正身治國吾所以得三士者亡於十人與三十人中乃在百人與千人之中十人與三十人雖尊敬猶未得賢至百人千人然後乃

憂而君以喜武侯逡巡再拜曰天使夫子振寡人之過也振者舉也伯禽將歸於魯伯禽周公子成王封爲魯侯將歸謂初之國也周公謂伯禽之傅曰女將行盍志而子美德乎將行何不志記汝所傅之子美德以言我對曰其爲人寬好自用以愼寬寬弘也自用好自務其用也愼謹密也此三者其美德已周公曰嗚呼以人惡爲美德乎君子好以道德故其民歸道君子好以道德敎人故其民歸道者衆非謂寛弘也彼其寛也出無辨矣女又美之彼伯禽既無道德但務寛容此乃出

於善惡無別汝何以爲美也孔子曰寛則得衆亦謂人愛悦歸之也彼其好自用也是所以窶小也窶無禮也彼伯禽好自用而不諮詢是乃無禮驕人而器局小也書曰自用則小尚書大傳曰是其好自也以斂益之也君子力如牛不與牛爭力走如馬不與馬爭走知如士不與士爭知士謂臣下掌事者不爭言委任彼爭者均者之氣也女又美之好自用則必不委任而與之爭事爭事乃均敵者尚氣之事非人君之量者也彼其愼也是其以淺也彼伯禽之愼密不廣接士適所以自使知識淺近也聞之曰無越踰不見士周公聞之古也越踰謂過一日也見士問曰無乃不察

以不得罪於楚之士民也子貢問於孔子曰賜爲人下而未知也下謙下也子貢問欲爲人下未知其益也孔子曰爲人下者乎其猶土也深扫之而得甘泉焉扫掘也故没反樹之而五穀播焉草木殖焉禽獸育焉生則立焉死則入焉多其功而不息爲人下者其猶土也昔虞不用宫之奇而晉并之萊不用子馬而齊并之宫之奇虞賢臣諫不從以其族行子馬未詳其姓名左氏傳曰襄二年齊侯伐萊萊人使正輿子賂夙沙衛以索馬牛皆

百匹又六年齊侯伐萊萊人使王湫帥師及正輿子軍齊師齊師大敗之遂滅萊或曰正輿子字子馬其不用未聞說苑諸卿已諫楚莊王曰曹不用僖負羈而宋并之萊不用子猛而齊并之據年代齊滅萊在楚莊王後未詳諸卿已之諫也紂刳王子比干而武王得之不親賢用知而身死國亡也

爲說者曰孫卿不及孔子是不然孫卿迫於亂世鰌於嚴刑上無賢主下遇暴秦禮義不行教化不成仁者詘約天下冥冥行全刺之諸侯大傾當是時也知者不得慮

能者不得治賢者不得使故君上蔽而無覩賢人距而不受然則孫卿將懷聖之心蒙佯狂之色視天下以愚詩曰既明且哲以保其身此之謂也是其所以名聲不白徒與不衆光輝不博也今之學者得孫卿之遺言餘教足以爲天下法式表儀所存者神所遇者化觀其善行孔子弗過世不詳察云非聖人奈何天下不治孫卿不遇時也德若堯禹世少知之方術不用爲人所疑其知至明循道正行足以爲綱紀嗚呼賢哉宜爲帝王天地不知善桀紂殺賢良比干剖心孔子拘匡接輿辟世箕子佯狂田常爲亂闔閭擅强爲惡得福善者有殃今爲說者又不察其實乃信其名時世不同譽何由生不得爲政功安能成志修德厚孰謂不賢乎（自爲說者已下或荀卿弟子之辭也）

賦篇第三十二

護左都水使者光祿大夫臣向言所校讎中孫卿書凡三百二十二篇以相校除復重二百九十篇定著三十二篇皆以定殺青簡書可繕寫孫卿趙人名況方齊宣王威王之時聚天下賢士於稷下尊寵之若鄒衍田駢淳于髡之屬甚衆號曰列大夫皆世所稱咸作書刺世是時孫卿有秀才

年五十始來游學諸子之事皆以爲非先王之法也孫卿善爲詩禮易春秋至齊襄王時孫卿最爲老師齊尚脩列大夫之缺而孫卿三爲祭酒焉齊人或讒孫卿乃適楚楚相春申君以爲蘭陵令人或謂春申曰湯以七十里文王以百里孫卿賢者也今與之百里地楚其危乎春申君謝之孫卿去之趙後客或謂春申君曰伊尹去夏

入殷殷王而夏亡管仲去魯入齊魯弱而齊强故賢者所在君尊國安今孫卿天下賢人所去之國其不安乎春申君使人聘孫卿孫卿遺春申君書刺楚國因爲歌賦以遺春申君春申君恨復固謝孫卿孫卿乃行復爲蘭陵令春申君死而孫卿廢因家蘭陵李斯嘗爲弟子而相秦及韓非號韓子又浮丘伯皆受業爲名儒孫卿之應聘

於諸侯見秦昭王昭王方喜戰伐而孫卿以三王之法說之及秦相應侯皆不能用也至趙與孫臏議兵趙孝成王前孫臏爲變詐之兵孫卿以王兵難之不能對也卒不能用孫卿道守禮義行應繩墨安貧賤孟子者亦大儒以人之性善孫卿後孟子百餘年孫卿以爲人性惡故作性惡一篇以非孟子蘇秦張儀以邪道說諸侯以大貴顯

孫卿退而笑之曰夫不以其道進者必不以其道亡至漢興江都相董仲舒亦大儒作書美孫卿孫卿卒不用於世老於蘭陵疾濁世之政亡國亂君相屬不遂大道而營乎巫祝信禨祥鄙儒小拘如莊周等又滑稽於是推儒墨道德之行事興壞序列著數萬言而卒葬蘭陵而趙亦有公孫龍爲堅白同異之辨處子之言魏有李悝盡

地力之教楚有尸子長盧子芊子皆著書然非先王之法也皆不循孔氏之術唯孟軻孫卿爲能尊仲尼蘭陵多善爲學蓋以孫卿也長老至今稱之曰蘭陵人喜字爲卿蓋以法孫卿也孟子孫卿董先生皆小五伯以爲仲尼之門五尺童子皆羞稱五伯如人君能用孫卿庶幾於王然世終莫能用而六國之君殘滅秦國大亂卒以亡

觀孫卿之書其陳王道甚易行疾世莫能用其言悽愴甚可痛也嗚呼使斯人卒終於閭巷而功業不得見於世哀哉可爲霣涕其書比於記傳可以爲法謹第錄臣向昧死上言

護左都水使者光祿大夫臣向言所校讎中孫卿書錄

荀子卷第二十

將仕郎守秘書省著作佐郎充御史臺主簿臣王子韶 同校

朝奉郎尚書兵部員外郎知制誥上騎都尉賜紫金魚袋臣呂夏卿重校

荀卿新書十二卷三十二篇

嘉慶初年借得影鈔大字宋本校世德堂本及覆校盧抱經本今年又從藝芸書舍借此印本對勘訂正影鈔之誤細驗避諱不特在熙寧元豐後且在淳熙之後多年或板有修改致然耶所補寫各卷失葉則皆非善與錢耕道刊本既互有短長又互有失葉殊未可相補也在宋世別有建本為王厚齋所見又有二浙西蜀本為耕道所見今皆無可訪得因附識於此時

道光己丑立秋日　元和顧千里

前寸向收行世注安去前門姓　乃安本所注
光尊圍五注出出按審之蔡之冊为秉吳野
有所僅（圈）于楊存生　一悼了篇五山宗集
鐵也刀下又可怪手再之射也咏　下一之勃篇何秘存
棐談去考以自意校字事推　姚雪統注李士
宋大字去所引此兵　前刻影鈔
學圖觀閣原圖引　逞朱又游家見之也改因
已採用蝦多處　其玉世注秉之誤於為存之篇
雅生者不屑　　所之五本諸條　殊處去是
雅生者不屑时而棐玉与尔雅释诂黑
棐棐秉之德及鄭箋燥炼　所用字同则
棐不可以世注本去改本原之　如實學士
明不及出去之　棐字於如此出不出去此　字手
仙堂熊文清麟祝　五方諸於此採硃以玉之鈔
唐魯周之所識　之圖傳由命校一過
秉碧不玉竽出　立京城出版為愛　於秉鄉書
明之宮于因与抄周　之首傳之　蕭之園
原之嘗仍假来之　一一　譯書之之云
大同八年秉度文年自十一月初　十覃
氏之出乱　原　洞　黃　殷　厲　析

顧澗薲題熙甯大字本荀子後

嘉慶初年借得影鈔大字宋本挍世德堂本又覆挍盧抱經本今年又從執芸書舍借此印本對勘訂正影鈔之誤細驗避諱不特在熙甯元豐後且在淳熙後之後多年或板有修改致然耶所補寫各卷失葉則皆非善與錢耕道刊本既互有短長又互有失葉蘇可相補也在宋世别有建本為王厚齋所見又有二浙西蜀本為耕道所見今皆無可訪得因附識於此時道光己丑立秋日元和顧千

荀子

序第一葉有半叶缺抄訖

序文上半叶有圖書三方 平江汪振勳棋泉氏印記 道鄉書院 士禮居

序文第二叶後面第六行第一二兩字抄

第一卷第五頁上半叶有圖書十三方 百宋一廛 修汲軒 鄒氏子之 同心之印

道鄉書院 汪士鐘印 閬源真賞 黃丕烈印 復翁 孫輯甫印

恭父 汪振勳印 棋泉

第一卷第十二下半叶第八行第十九字二十廿兩字抄

第一卷第十二下半叶第七行第二十字缴抄 又第八行第十九字缴抄

[illegible]

第一卷第十三下半叶第八行第十六七兩字抄

第一卷第十四下半叶第六行第一二兩字抄

第一卷第廿下半叶第十二行第二十字抄

第二卷第二上半叶第一行第十三四兩字抄

第二卷第七下半叶第七行第廿五字抄 又第八行第廿五字抄

第九 又第九行第十九字抄

第二卷第十一上半叶第五行第十八九兩字抄

第二卷末有圖書一方 孫孝若讀書記

第三卷上半叶有圖書五方 汪士鐘藏 汪振勳印 棋泉 孫輯甫印

恭父

第三卷第八叶上半第七行第十七字缴抄

第三卷第十三上半叶第一行第一字抄 又第二行第一字抄

第三卷第十七下半叶第七行第十三字缴抄

又第十八上半叶第二行第一字缴抄

又第十九上半叶第二行第一字缴抄

又第廿六下半叶第八行第十六字缴抄

第四卷第一下半叶第七行第廿一字缴抄

又卷第四下半叶第二行第十七字缴抄

又第六下半叶第一行第十三字缴抄

又第十三下半叶第四行第十四字缴抄

又第廿一下半叶第四行第十七字缴抄

又第廿二下半叶第八行第廿字缴抄 又第七行第十八字缴抄

8

第四卷第廿三上半頁第一行第十六字微抄 鄒氏同心

第四卷末有圖書二个 忠公後裔

第五卷上半頁有圖書三个 汪士鍾藏 汪振勳印 楳泉

第五卷第一二兩頁全抄 又第三上半頁第八行第一字微抄

又 第五上半頁第七行第一字微抄

第六卷第二下半頁第二行第十五字微抄

又 第十四下半頁第七行第十七字微抄

又 第廿三上半頁第一行第十四字微抄

第七卷上半頁有圖書四个 汪士鍾藏 汪振勳印 楳泉 欣阿霖藏

又 第三上半頁第一行第十三四五六共四字微抄

又 第九下半頁第七行第十六字微抄

又 第十二下半頁第七行第十六字微抄

又 第廿三下半頁第七行第十六字微抄

第八卷上半頁有圖書二个 孫毂甫 恭父

又 第十三下半頁第一行第十四字微抄

第八卷末頁有圖書二个 忠公後裔 鄒氏同心

第九卷上半頁有圖書四个 汪士鍾藏 汪振勳印 楳泉 道卿書院

又 第五下半頁第七行第十三字微抄

第十卷上半頁有圖書二个 宋本 荊溪顧家

又 第十二下半頁第七行第十七字微抄

又 第廿二下半頁第八行第十六字微抄

第十一卷上半頁有圖五个 汪士鍾藏 汪振勳印 孫毂甫印 恭父

楳泉

又 第七八兩頁全抄 又第十五上半頁第七行十六七八共三字微抄

又 第十九下半頁第八行第十六字微抄

第十三卷上半頁有圖書一个 勤有書讀[illegible]

又 第六下半頁第三行第十一二兩字微抄

又 第八下半頁第七行第十六字微抄 又第八行第十六字微抄

又 第九下半頁第五行第十四五六七共四字微抄

又 第七行第廿二三兩微抄 又第行第廿一二兩字微抄

又 第十上半頁第一行第十六字微抄 又第三行第十六字微抄

第十二卷第十二上半页第三行第十六七两字微抄　又第七行第十六字微

第十二卷末页有图书二个　忠公役斋　邹同心印

第十三卷上半页有图书五个　汪士钟藏　汪振勋印　棣泉　启宗

儒

第十三卷第一二两页全抄　又第四下半页第七行第十六字抄

又第十一下半页第二行第二十字微抄

又第十四上半页第二行第十二三两字微抄　又第十五下半页第十八字微抄

又第十七八九二十共四页全抄　又第二十二下半页第二行第七字微抄

第十三卷末页有画图书三个　孙朝肃　恭父　道乡书院

8 第十四卷第一二两页全抄

第十五卷上半页有图书三个　汪士钟藏　汪振勋印　棣泉

第十六卷上半页有书二个　孙朝肃印　恭父

又　第壹上半页第六行第十八字微抄　第八行第廿字微抄

又　第二下半页第一行第十七字微抄

第十七卷上半页有图书四个　汪士钟藏　汪振勋印　棣泉　孙何宗藏

第十七卷第十四上半页第三行第十七字微抄

又　第五行第廿二字微抄

第十七卷末有图书三个　武陵　忠公役斋　邹印同心

第十八卷上半第十六页有图章一个　道乡书院

第十八卷下半页有图书第一行第一字微抄

第十九卷上半页有图书五个　汪士钟藏　汪振勋印　棣泉　孙朝肃印　恭父

又　第三上半页第七行第六字微抄　又第十六字抄

又　第四行第四字微抄

又　第廿六下半页第一行第五字微抄

第二十卷末有图书[illegible]　棣泉　吴下汪三　荆　启宗

不緇道人　士礼居　荛圃卅年精力所聚　忠公役斋

邹同心印　粟印　吴下阿宗　传之其人　勤有堂

邹氏子之　同心之印　道乡书院　可潜过眼